슬픈 노래를 거둬 갔으면

김창균

시인의 말

귀가 조금씩 멀고 또 어두워진다.
타자의 소리를 듣는 귀도
내 속의 비명을 듣는 귀도 멀어진다
속삭임들이 나를 떠나고 있다고 생각하니
괜히 서운해진다.
이제
점점 나에게 오는 것보다 멀어지는 것들이 많아지니
당신과 나 사이가 더 멀어지기 전에
이 가을엔 귀라도 찬란하게 물들여야겠다.
그리고 겸손하게 북쪽의 바람을 맞아야겠다.

2023년 가을 미시령 아래에서 쓴다.

김창균

슬픈 노래를 거둬 갔으면

차례

2부 고랭지

3부 라디오를 싣고 달리는 국도

4부 잃어버린 소읍

해설

1부

눈물 너머 구멍 저편

쇠미역

당신의 어원을 오랫동안 따라가 봅니다
당신의 몸 어딘가에 파란 녹이 맺혔을 법도 하여
안부를 물으려다 망설입니다
당신 속에 있는 색을 데쳐
추운 겨울 저녁상에 올리고 싶은 마음입니다
장날도 아닌데 좌판에 나와 앉아 있는 노인 몇은
하루 종일 겨울 볕에 미역 줄기처럼 말라 가고
겨울 해는 가난한 집 땟거리처럼 빨리 떨어집니다
밤을 기다려 처마 고드름은
누군가의 눈물을 받아 몸집을 불리는데
몸을 웅크린 몇몇은
이가 벌어져 바람이 제집 드나들듯 드나드는 방에서
위태로운 불빛처럼 밖으로 몸을 기울입니다
일찍 추위가 오는 북쪽 마을
구멍이 숭숭 뚫려 말문이 막히는
한번 들어온 바람은 출구를 찾지 못해
냉방에서 자신의 체온을 올리다 이내 주저앉고야마는
기막힌 날들입니다

할복

찬 바람 일 때
항구 쪽으로 이마를 맞댄 집에 사는 여자들은
저마다 항구에 나와 명태의 배를 가른다
먼 캄차카반도에서 온
비린내를 미처 털어 버리지 못한 저들의 배를 갈라
애간장을 들어낼 때
거기 굳어 버린 북녘의 바람과
비명도 같이 따라 나온다
얼어 버린 비명에 염장을 하며
눈물의 염도를 올리는 항구 쪽 사람들

버릴 것이 없어 더 서러운
내장 없는 빈 몸이
작업복처럼 걸린 북쪽 항구

백 리를 갔다 온 사람이나
시오 리를 갔다 온 사람이나
복부에 깃들었던 신앙을

저녁 밥상에 올리며
말수를 줄이는 동안

속을 훤하게 드러낸 당신 위에
또 다른 당신들이 포개진다

북쪽

누군가 나에게
북쪽은 낡고 오래된 구식의 땅이라 했다
그러나 나는 북쪽을 내 몸에 들이고 오래 살았으므로
어느새 나는 북족이 되었다
세상에 하나뿐인 종족 북족

북쪽의 장날은 북적인다
자동차 유리창을 조금 열어 바람을 맞으며 장 보러
가는데
인심 쓰듯 푸른 하늘 몇 점 먼 남쪽에 떠 있고

수신 상태 불량한 라디오 음악 방송을 틀자
어느 종교 지도자는
'인간을 착취해서 번 더러운 돈은 헌금으로 받지 않
겠다'고
했다는 말을 방송 진행자가 전한다

장에 닿자마자 파장 무렵인 골목

녹슨 뻥튀기 기계가
가래침 뱉듯 뻥!
마지막 뻥튀기를 뱉어낸다

휘적휘적 골목을 걷던 술 취한 노인들의 고막이
신나게 귀 밖으로 튀어나왔다 들어간다

바다로 간 늙은 애인들

늙은 애인들이 각자 하나씩은 가지고 있는 병을 다스
리기 위해 바다로 간다
바다로 향하는 골목 끝자락은 성소聖所의 문턱처럼
민망하게 닳아 있다
병든 자들의 주술이 닿아 빛나는 아침 바다
찢긴 깃발 같은 말들을 중얼거리며
애인들의 얼굴은 역광을 받아 검게 윤곽만 남았다

한때 바다로 향하는 골목은 털옷을 짜며 기다리던
겨울이었고
주인의 발을 기억하던 신발이었고
아픈 사람 다루듯 조심조심 걸으며 누군가의 숨소리
를 듣는 문턱이었다

늙은 애인들의 주름을 건너며 바람은 거친 소리를
내고
밤늦도록 달다 차마 다 못 단 인형의 까만 눈알과
아가미가 꿰인 채 오래 매달려 있어 아가리가 얼얼한

생선은
  입이 굳은 채 처마에 매달려
  늙은 애인들에게 농담을 건넨다

랜턴을 켜고 걷는 밤길

앞서가는 당신과
뒤에서 랜턴을 들고 가는 나는
한편에선 빛에
또 한편에서는 어둠에 취약하다
앞서가는 당신과 아무 상관 없는 혼잣말을
나에게 건네며 걷는 밤길
길이 급하게 휘어질 때마다
나의 손에 들린 문명은 얼마나 나약한 것인가
　혼잣말이 슬쩍슬쩍 앞서가는 사람 뒤꿈치를 건드
리고
　혼잣말에 살이 붙어 어둠에 섞일 즈음
　마른 꽃대궁을 지나던 바람이 내 종아리 부근으로
도 지나가고
　세상의 불빛을 다 끌어모아도
　밤길은 밝아지지 않을 듯한데
　까만 씨앗 한 줌 쏟으며 제 발목을 고개 숙여 보았을
　가을꽃들의 혼잣말은 어떠했을까
　나는 불빛보다 한 걸음 뒤쪽에서 걸으며

마치 먼 훗날을 도모하는 구경꾼처럼
가을꽃들이 오래 고개 숙여 보았을
그 발밑을 생각해 본다

먹태를 두드리며

남도에 와서
먼 북쪽에서 온 먹태를 두드린다

예고도 없는 기별처럼
빗방울 발끝에 밟히는 소리처럼
또, 앉았던 의자 모서리에 때가 쌓이는 것처럼
그 오랜 시간 비바람 찬 기운 맞고 온 저것을
칼등으로 두드려
굳다 만 묵 맛 같은 것을 서로 나눈다
황태보다는 섭섭하고 말랑한 검은 몸
그 몸피 속에 흰 살을 감추느라 안간힘 쓴 시간을
오래 두드리거나 잘게 찢으며
남도 태생인 당신의 마음을 먼 데까지 모시고 갔다 온다

먹태가 당신과 나를 번갈아 바라보는 시간
그 잠깐 동안 당신은 검은색 물이 들고
나이 든 홀아비에게 시집온 타국의 젊은 여자는 말

이 없어

나는 남쪽 먼 곳까지 와서
그믐 같은 저녁을 맞으며
다리가 기운 낮은 밥상에 턱을 괴고 앉아
굳어 버린 입을 하늘로 쳐들고 눈비 맞았을
저것에 마음을 써 보기도 하고

또, 웃음 끝에 올 긴 울음을 생각해 보는 것이다

미역 한 타래

미역에는 귀가 있다
심해의 소리까지 들었다 놓는 귀가 있어
바람이 심할 때마다 몸은
또 다른 몸을 때리며 진저리 친다

흔들리는 귀는
가끔은 바닥에
가끔은 허공에
또 물속에 귓바퀴를 대고
몇 년을 살아낸다

소금기를 귓속에 묻으며
귀가 서서히 멀어지는 동안

바다 쪽으로 이마를 댄 어떤 집들은
처마에 가지런히 미역을 널어 말리며
서걱서걱 마른 몸으로 겨울을 난다

구멍 많은 집

김장용으로 심은 배추에 구멍이 숭숭
잎잎이 누군가 다녀가셨다
세상의 구멍이란 구멍은 무엇인가 다녀간 흔적
발꿈치 뚫린 양말 구멍이 무심코 나에게 들켰을 때
발이 다녀온 오지의 저녁을 끌어당긴다
발뒤꿈치를 오래 들여다보면 마침내 보이는 것들
마치 밖에서 걸어 잠근 방 안에 앉아 있을 때처럼
나는 바깥을 볼 수 있으나
바깥은 나를 볼 수 없어
눈물 너머까지 가서 보는 구멍 저편
어떤 틈들은 이유가 있고
어떤 틈들은 바닥난 변명처럼 궁색하기도 해

몇 번 이별을 경험한 눈을 마주하고 앉은 나는
마치 내 것이 아닌 것 같은 누군가의 눈물
뒤편을 촘촘하게 깁는다

당신과 먹는 점심

갈 길 멀다는 아버지를 앉혀 놓고
터미널 부근 백반집에서 점심을 먹는다
콩의 시절을 기억하는 두부와
파도의 기억을 가진 미역국을 한술 뜨며
지루하게 시간을 끌고 가는 시계를 외면한다
말[言]이 절벽을 뛰어내리는 비명처럼
목구멍 속으로 뛰어내릴 때마다
두부 모서리도 같이 뛰어내려
출렁, 밥알 그득 담긴 입은 슬프다
애써 말문을 막아내는 밥알들이여
오랜 가뭄에 온몸이 주름투성이가 된 상추에
말의 글썽거림 같은 것을 싸 당신께 건네며
맵디매운 고추가 열리는 식당 옆 텃밭에 오래 눈길을 준다

그리고 소리 나지 않게
당신에게 하고픈 말들을 자꾸
밥그릇 귀퉁이에 밀어
밀어붙인다

녹錄·2

게들이 탈피를 하는 계절
몸이 바깥이었음을 알겠네

녹은 쇠를 먹고
한순간도 거르지 않는 폭식의 푸른 욕망은
공기를 흔들고 물방울을 흔든다

게들이 탈피를 시작하는 유월에
일찍 몸을 나온 불나방은
전구의 불빛을 맛있게 먹으며 야윈다

몸이 몸에게 몸을 바치는 유월은
몸 타는 냄새가 지독하여 멀리도 간다

거미의 집

마치 풍화되는 화석처럼
웅크린 몸과 다리는 좀처럼 움직일 줄 몰라

지붕도 없이
벽도 없이
가장 위험한 난간을 골라
거미는 집을 앉힌다
온몸의 감각을 뽑아
선 하나로 만든 집
보지 않아도 안다
듣지 않아도 안다
촉수 하나로 바람을 알아차리고
날것들의 몸을 채집해 풍장을 치르고는
몸에서 한 번 꺼낸 집은 다시
거두는 법 없이
최초로부터 멀어지는
냉혹한 유목

집을 다 써 버린 후
정처 없이 자신의 외곽을 견디다 사라지는 그는
중심을 한 번 세차게 흔들어 보고는
다시, 또 자신의 몸에서 집 한 채를 뽑아
허공에 내건다

풋사과 속, 방 한 칸

몸의 가장 안쪽에 숨겨 놓은 까만 눈알
누군가 닿으면 미끄러지는 굴곡을 가진
너에게 눈을 맞춘다. 눈동자가 깃든 방
거기 깊숙한 곳에서 꺼내는 한숨
당신이 언젠가 내 입 속에 넣어 준 말들이
일제히 밖으로 튀어나올 듯
침묵인 줄 알았던 것들이
커다란 아가리를 들락거리며 아우성이다

시월, 문밖에는 주인의 발에 헐거운 신발이
밤새 처마의 빗방울을 받아내는데
오래전 집을 떠나 유기된 개들은 어둠을 끌어다
자신의 몸에 문신을 새긴다

저 깊은 곳 덜 여문 몸속 깊이 들어앉은
눈물이 눈동자를 뚫어지게 바라보는
소리가 절멸할 듯 위태로운 방
닫힌 방 앞에서 방의 통점을 여기저기 짚으며

오랫동안 나는 나를 기다린다

가래 몇 알

추석 무렵 엄마 산소 옆에서 주워 온 가래 몇 알
하도 만지작거려 모서리는 닳고 깊은 주름만 남았다
때 타고 시간 타고 사람도 타고
그 숱한 기척에도 몸을 열지 않는 단단한 고집이
살아생전 엄마의 속내 같기도 하여
양손에 넣고 서로의 몸을 비벼 본다
그 소리가 맑고 경쾌하여
저간의 침묵을 깨고도 남을 법한데
주름이 주름을 비비며 닳는 몸과
또 한 주름진 몸이 하는 골똘한 생각은
어디쯤 가 닿고 있는지
병을 대물림하는 혈육의 맥박처럼 간헐적인
서러움을 밀며 또 당기며
모서리가 많던 집을 돌이켜 생각해 보는
캄캄한 저녁이다

2부

고랭지

골뱅이, 골뱅이

세상을 한쪽으로만 돌아가는 힘센 고집
저 편향의 길을 가자면 나도 한쪽으로 기울어져야 해
좁고 깊게 기울어져 돌아가는 길의 끝에 쟁여 놓은
까만 똥
그 똥을 빼 먹으려 안간힘 쓰며
또 한쪽으로 몸이 휜 사람들

그대는 좌로 돌고 또 돌고
나는 우로 돌고 또 돌아

북명北溟, 북명北溟이라는
북쪽에 있다는
그리하여 더는 알 길 없다는
크고 깊은 바다를 생각해 보는 것이다

마중

비릿한 피맛 나는 약수 한 바가지 떠 마신다
돌확 속으로 단풍잎들 속절없이 져 내리고
나이 든 나무들은 일찍 잎을 떨구더니
끝내 스스로 야위었다

계곡물이 아픈 배와 신경통을 달래며 간다
밥을 지으면 푸른빛이 돈다는 약수를
시내에서 온 여자는 몇 통 받아 가고
무엇이 아쉬운지 그 여자의 남편은
가다가 다시 돌아와 약수 한 사발 더 들이켠 후
아내의 뒤를 밟으며 서둘러 간다
인적이 끊긴 뒤 돌확을 넘쳐 나는 물줄기
병 깊은 사람들 겨우 걸어 자박자박 귀가하는 모습
멀리 눈으로 좇으며
절로 넘치며 가는 물길에 아픈 발목을 적셔 보며
그렇게 물끄러미

오늘은 내가 나를 마중 가고

내일은 당신을 마중 가야겠다

복어

어둠 속에서는 모든 것이 어긋나서
서로 몸 닿지 않는 것이 다행이었다
어딘가에 닿지 않으면 모든 것은 혼자였으며
당신도 나도 초면처럼 낯설어 치명적이진 않았다

바늘을 한 움큼 삼킨 짐승처럼
긴 울음을 우는 자여
독을 품고 서로의 몸을 비비거나
한껏 배를 불려 자신에게 가하는 처벌
독으로 가득 찬 몸이 밀고 가는 길은
가득 어둠이 출렁이는 심해처럼 캄캄했겠다

어떤 무리는 슬픔의 기포를 들이마신 후
그 울음이 더 깊고 구성져
당신들 쪽으로 천배 만배의 독을 옮기니

그리하여 우리의 사랑은
자주 서로를 외면하며 울고

또 운다

가루가 된 말

나는 반평생 칠판을 마주하고 살았다
백묵이 칠판에서 조금씩 자신을 소멸할 때
한 시절 나의 말은 흰색이었다
아이들은 수시로 칠판을 지우고
칠판의 흰 말들을 지우고
가끔 막대기로 툭툭 때려 지우개를 턴다
지우개에 붙어 있던 말들을 털고
마침내 말들이 가루가 되어 흩어져 가도
몇몇은 입을 막거나
못 본 척하거나
깔깔거린다
가루가 된 말들과
가루가 될 말들
저 우수수 털리는 자음과 모음

생각해 보면 칠판을 마주하고 산 세월은
참으로 아슬아슬하여
못내 잘못 쓴 받침처럼 기우뚱했다

몸집

학교에 두고 온 관찰용 누에고치의 생애가 궁금했다
궁금증이 증폭되는 사이
몇 번의 어둠이 왔다 갔고
어둠 속에서 설계한 생들은 모두 캄캄했다
누에고치에서 뽑은 실로
피가 통하지 않게 손가락을 묶고
체증을 다스리려
까맣게 죽은 피를 뽑아내기도 하던 시절
흐리고 비 내리는 날을 기다려
몸을 밀어내고 몸 밖에 무수히 많은 나를 세워 두었지

고치를 밀어내던 몸집들이 차츰 쪼그라들고
짜고 뜨거운 눈물이 가득 고여 서서히 날개가 젖던
잠실의 어느 주목받지 못하던 구석들아
안간힘으로 너에게 밀리며 나는 나를
다시 집 밖에 세워 둔다

고랭지

불이 보인다
불을 놓았던 손과 눈동자
마침내 까만 심장도 보인다
여름 배추밭에 서면
등골이 휜 고랑과
주먹을 말아 쥔 배추의 희고 노란 속들
오래 견디기 위해 겹겹이 단속한 몸통에
오후의 안개가 스며
여름 고랭지에 가면
비탈이 눕는다
안쪽으로 안쪽으로만 힘을 모으는 저들과
지상의 차가운 구석을 받아내려고
비탈은 순하게 누워

여름 고랭지에 가면
아직 속 덜 찬 흰 몸들과
또 물결 져 오는 푸른 잔등이
이랑과 이랑을 일렁이며

갈기를 세운 물결처럼 서로를 넘친다

4월

작년에 배운 말들을 버린다
꽃이 필 때 태어나는 감정과
꽃이 진 다음에 다시 생겨나는 감정이
서로 낯설고 멀어
내가 배운 말들은 버림받는다

이제 나를 여기까지 데리고 온
나를 두고 간다
맨밥처럼 흰 말들이 눌어붙은
꽃나무 가지 맨 끝
4월의 가지 끝은 높고 위험하여
내가 아는 말들을 매달 수 없다

하여
민무늬 옷을 입고 걷는 4월은
꽃들이 동족을 알아보는 듯
후드득 지는 저녁이 있어
견고하게 꼈던 팔을 풀어

당신의 팔짱을 껴 본다

속 빈 나무

까만 속 훤히 드러내고 살아간다
속 들어낸 자리에 나를 앉히고 지나가는 하늘빛도
앉히니
속 썩는다는 말 참으로 아득하게 아린 말이다
허공 안쪽 한 자락 끊어다 또 빈 속에 앉혀 놓고
오랜 세월 두고 끓였을 듯한 속을 찬찬히 들여다본다
이마에 땀이 배어 나오고
하나를 보았으나 두 개가 가려지는 캄캄한 빈 속
어찌 된 일인지 분간할 수 없는 그 빈 속에서
소똥을 이겨 땔감을 만들던 이국의 소녀가 말을 걸어
온다
똥에서 나무 냄새가 나고
밥 끓이는 냄새가 나고
간신히 나날을 잇는 고스란히 가난한 손금도 있어

속 다 썩어 없어진다는 말
끝 모를 그 캄캄한 빈 속에 대고
속삭이듯 속삭이듯 말을 건네면

까맣게 탄 빈 속 공명하며
내가 건넨 말에 내 귀가 어두워진다

발자국이 오는 골목의 시간

골목의 처음은 골목이 아니었지
숨소리와 숨소리, 발자국과 발자국
그리고 쌀 씻고 안치는 소리가 모여
바람이 바람의 허리를 안는 소리가 모여
그리되었지

한때, 오랫동안 한기를 딛고 온 당신의 발자국을 베고
며칠 자고 일어나기를 반복하는 나날이 있었지

골목의 이쪽과 저쪽을 이으며 허공을 직조하던 거미
집이
애초부터 중심을 잘못 잡았는지
이슬의 무게에 서서히 기울어 갈 때
밖에서 울음을 다 울고 귀가한 가장의 눈을 외면하며
불빛은 몇 단계 자신을 낮추어
그의 등 뒤로 조용히 내리네

아마, 골목 이편에 서 있는 수은행나무와

저편에 서 있는 암은행나무가 애절하게 몸을 비우는
시월쯤이었을 거야

인형에게

한낮에도 어두운 강가 다리 아래
눈알이 빠지고 관절이 뒤틀린
외국풍의 인형이 버려져 있다
저것은 학교에 간 적도 없고
누구에게 거짓말을 해 본 적도 없고
병원 한번 가 본 적 없이
어린 주인에게 충성을 다 바쳤던 몸

늙지 않는 것은 얼마나 큰 비애인가
헐거워진 관절을 하나씩 접어 몸통 곁에 놓으며
누군가는 눈동자가 놓였던 깊고 어두운 곳을 들여다
본다

세상에서 가장 큰 슬픔이 와도
울지 않던 눈
자신의 생이 다 망쳐진 다음까지도
눈물 한 방울 없던 눈
더 깊디깊은 어둠이 그들의 몸을 다 덮은 후

망설이고 망설이다 간신히 그 눈에 들어앉는
자신의 몸을 포기하지 않으려
팔 한쪽을 베고 모로 누운 아버지
그 긴 한숨과 한 숨 사이의 고요
하-나. 둘-. 셋-.

비린내가 풍기는 골목에 대한 기억

골목이 주먹을 말아 쥐고 어둠을 밀어낼 때
멍든 밤이 대문 앞에 있고
먹다 남은 생선 같은 가장들이 돌아온다
먼지 사이를 비집으며 비가 내렸고
집 없는 고양이들은 인간의 눈에서 가장 먼 곳에 새
끼를 친다
가끔 암고양이들은 자신의 발소리를 입에 물고 담을
넘기도 했다

속말이 튀어 나갈까 봐 입을 최대한 오므려 밥알을
씹는 날이 잦았다
같이 밥을 먹던 사람은 이미 늦은 저녁처럼 캄캄해졌
으므로
잊힌 사람에 대한 기억을 잘게 씹어 비린내 나는 생
선 위에 얹어 본다

바야흐로 속이 흐릿한 달이
바다를 떠나온 지 오래된 명태의 눈알처럼 나와

쉽게 고백할 수 없는 말들을 들여다보는데

비린내 풍기는 골목은
몇 번씩 부르튼 뒤꿈치를 들었다 놓는다

냉장고 속에 십이월 벌판을 들이다

십이월의 벌판
문을 열 때마다 환하게 자신의 속내를 드러내고는
다시 암전

빙점이 한계에 다다른 생선의 눈알과
시루떡 속에 박힌 검은콩의 혀가 굳어 간다

생의 한계점을 지난 자들이 무수히 문을 열고 닫았
으나
냉동된 몸에 쉽게 손을 대지는 않는다

문밖엔 십이월
새파랗게 언 하늘 한 자락 떠
냉장고에 들인다

창틈을 비집고 방 안에 바람이 들 때
방 안 벽지 꽃잎들은 뭉개지며
점점이 얼룩이 피어

초면의 것들을 한 칸에 들이고
구면인 것들도 한 칸에 들이고
거칠게 싼 마음도 검은 비닐봉지에 담아
냉장고 속 한 칸에 들이는데

힘주어 손잡이를 잡고 바라본 냉장고 밖 풍경은
바다를 잊은 고등어처럼
파랗게 입이 얼어 있다

발효의 시간

며칠째 청국장을 먹는다
이미 무와 파와 김치며 돼지비계는
본성을 잃은 지 오래다
허기진 누군가 다녀갔는지
그 말씀도 발효되어
숟가락에 얹히는 입술이 살짝 떤다
그렇게 조금 말도 떨리고
그 떨리는 말끝이 더 세게 흔들릴 때
봄나무들
잎들에 잔 보풀 일으키며
자신을 흔들어 꽃을 털어낸다

그리고 그즈음
내 마음 한편에 오래 앉아 있던
당신을 보내고,
당신이 모셔 온 저녁도 다 보내고
저 발효의 정점을 막 지나는 것들과
혓바늘처럼 남은 국물에 또

얼굴, 얼굴을 묻는다

구석

비 내리는 날 가끔은 누워서 또
가끔은 앉아서 혹은 서서
창밖으로 많은 말들을 내보냈지
먼저 내려온 빗방울이 난간에서 쉬는 동안
나중 떨어지는 빗방울이 먼저 지상에 닿는 것을
물끄러미 보고 있는 동안
살아 있는 것들의 안간힘이 또 다른 난간을 잡고 있
는 동안
난간에 맺힌 빗방울에 얼굴을 비춰 보며
창밖을 한동안 서성이는 망설임과
내가 건넨 말들이 닿았을 지점을 생각해 보는 것인데
순간 난간을 벗어난 것들은
어떤 사이도 없이 어딘가로 추락해 버리네
헌책방 같은 창 안쪽 방 벽지엔
모기의 피들이 붉은 포자처럼 박혀
가려운 생들 마구 피워 올리려 안간힘인데
나는 한 번도 읽히지 않은 책처럼
당신의 구석에 꽂혀 있네

3부

라디오를 싣고 달리는 국도

길의 감식가

중력에 코를 박고 길의 냄새를 맡는
노인의 허리는
길의 한 굽이처럼 휘어 있다

흐린 가을과 굵은 빗방울은 내 것이 아니므로
문밖에 세워 둔 우산처럼
늘 내 쪽에서 멀어지는 새 떼

당신이 오래 길의 냄새를 맡았듯
또 그 세월만큼 오래 내뱉을 길의 날숨들

그리하여
나는 내가 있었던 자리에 질문을 놓고
대답을 하나씩 지우며 본다
밤이 저 멀리서 오는 밤의 망을 봐 주는 동안
주름이 주름의 망을 봐 주는 동안
그리고 당신이 아무도 모르게 어디론가 휘어지는
동안

라디오를 싣고 달리는 아침

자동차 유리창을 닫고 라디오를 켠다
바람은 안쪽으로 들어오고 싶어 안달이고
음악 소리를 조금 더 키우면
음악은 바람의 바깥이 될 듯도 하다
아침 라디오에서 들려주는 음악은
대부분 이미 죽은 자들의 음악
죽은 자들이 만든 음악을 싣고 달리는 내 자동차는
소리의 관棺
창밖 바람은 창을 때리며 머리채를 흔들고
나는 죽음에 가까운 리듬에 몸을 맞춘다
그리고 될 수 있으면 먼 곳을 응시하며 차를 몰아간다
차는 라디오를 싣고 달리고
어떤 구간에서는 방해전파에 잡음이 섞이지만
잠깐 동안 잡음을 타고 먼 국경의 말이 들어오기도
한다

정신없이 세상에 흉흉한 소식이 떠도는 날에는
라디오를 싣고 달리는 국도에 예고도 없이 군인들이

나와
　깃발을 흔들거나 무슨 신호를 보내는데
　나는 당신들이 보내는 신호의 먼 바깥이어서
　늘 깃발 밖으로 달린다

날씨에 묻다

내일이 어떠냐고
매일 너에게 묻고
또 나에게 묻는다
그 궁금 속에는 너도 없고 나도 없어
나와 네가 상관할 수 없는 일들이 비바람으로
혹은 눈부신 햇살로 왔다 간다

간혹 저기압을 따라
무릎 아래 아주 낮은 곳으로 불어 가는
오랑캐꽃 향기

모여서 서서히 단단해지는 허기와
비가 되지 못하고 떠도는 구름과
독이 많은 열망들

어떤 마을에서는 유월의 잎들이
미처 다하지 못한 욕설처럼 바닥에 쌓여 가니
푸르게 나뒹구는 욕설을 그저 막막하게 바라볼 뿐

멀리 가서는 영영 돌아오지 않는 사람을 위해
저녁은 더 이상 기적을 부화하지 않는 초저녁달을
호수에 담가 둔다

풍문

삼 년생 옆집 개는
밤을 새워 짖는다
아마 저렇게 울음에 관성이 붙으면
평생을 울고 또 울다 생을 마감할지도 모를 일
어떤 사람은 좋은 세상이 오는 중이라 말하고
이미 좋은 세상이 왔다고 말하기도 하고
좋은 세상이 오기는 글러 먹었다고 말하기도 한다
개는 밤새 짖으며 제 안에 어둠을 토해내는데
어쩌면 저 균일하고도 여일한 울음은
자신의 이름을 부르는 소리 같기도 하다
자신의 이름을 연민하며 속이 터질 듯 내는
길고 캄캄한 울음
긴 울음이 발을 절며 옆 마을까지 가 닿는 한밤중
저 막막한 울음에 감염되는 어떤 사람이 있어

밤새 자신의 얼굴 쪽으로 이불을 끌어당긴다

모래시계, 사막

누우면 멈추는 시간
직립을 고집하는 시간이 있지
하룻저녁에 바람이 산을 옮기고
좌표를 잃어버린 낙타들은
고개를 숙이며 걷는다

안구에 바람이 들어차 아무것도 보이지 않을 때
이곳에서 유일하게
살아남을 것은 거짓말뿐

'당신이 있어 사막이 아름답다'는
그 거짓말이 수많은 혀가 되어
유성처럼 떨어지는
적막한 직립의 시간

한증막

눈을 뜨고도 꿈을 꾼다
온몸에 땀이 쏟아지는 지독한 악몽이다

귀신의 비위를 거스르지 않기 위해 잠을 조심스레 흔
들다
가위눌린 외침은 어디에도 닿지 못한 채
내 몸만 때리며 잦아들던
어느 타지의 밤이 있었다

나를 옮기는 수많은 이사
몸을 다 기울여야 채워지는
모래시계의 내밀한 빈방 한쪽

잠과 꿈 사이
빈방과 모래 사이
침묵과 침묵 사이
궁금증을 유발하는 통로가 좁은 방

기울이면 다시 차오르고
또 기울이면 다시 차오르는
늘 그렇게 나를 기울여야 닿는
지독한 독방 한 채

시월의 말

서로의 몸을 비틀어야 단단하게 나무와 한 몸이 되
는 넝쿨식물을 보면
마치 잘못도 없이 벌서는 사람 보는 듯해
웅덩이에 고인 흙탕물 위에서 한 생을 도모하던 소금
쟁이가
물과 결합하지 않으려 이리저리 물을 건너뛰고

옆집 고구마밭을 떠나온 고구마 순에서
초가을 미열이 만져진다
스윽 넘어오는 것들 따스하니 서럽다

단풍 든 넝쿨이 감나무 몸피를 조이며 위로 또 위로
몸을 비틀며 오르는 동안
회오리치며 나무를 빠져나가는 그 안간힘 마주하면
정신이 아득해

가시 많은 나무에 올라가 가시 돋친 잎을 먹고 산다는
침 대신 가시에 자신의 피를 적셔 아무렇지 않게 먹

는다는

　제 몸속에서 허무를 소화하듯 가시를 천천히 소화
하는

　이윽고 가시로 배를 채운 뒤 가시를 밟으며

　자신이 올랐던 길을 찬찬히 되밟아 내려오는

　모래바람 부는 나라에 사는 어떤 염소를 생각해 본다

　그리고 무엇인가 또 서러움이 가시지 않아

　나는 몇 밀리씩 담을 넘어가며 시월이 건네는 그 말을

　해가 진 이후로도 망설이며 듣는 것이다

선인장

어떤 서늘한 결
극한이 아니면 몸을 부리지 않는 육신들이 있다
그이는 몸에 물집이 있어 수시로 굳은살을 밀어내고
제 몸에 또 다른 물집을 들인다
물집에 기대어 자라는 가시들
가시의 방 같은 것도 한 칸 들이고
아무것도 겨눈 적이 없지만
가장 먼 길을 택해 돌아 돌아 집으로 가는
겁 많은 발자국들을 세며
하루하루 화석이 되는 그대
바람이 신발 크기를 줄이고 내 몸피를 줄이는 동안
빈 젖을 물고 놓지 않는 기억들을 꺼내
천사들이 앉았다 갔을 법한 가시에 걸어 둔 채
마른 화분에 물을 준다

사막이 푸르러지고
바람을 이긴 잎들이 자신을 벼리며 가시가 되는 동안
선인장仙人掌, 신선의 손바닥 같은 당신의 손이

내 등짝을 때리고 가는 그 순간

녹錄·1

쇠들이 숨을 쉰 흔적이다
공기의 발자국이 딛고 간 자리다
점점이 점점이 한숨이 깊었던 자리도 있다
녹슨 철제 식탁에 앉아 맨밥을 먹으며
맨밥이 놓인 밥상에
옛날의 얼굴을 한술씩 떠다 앉힌다

누군가의 숨결이 닿을 때마다
붉거나 푸르게 몸서리치는 몸
바람에 들키지 않으려 참고 참았다
끝내 내뱉는 한숨
나의 나날을 일깨우는 녹
가끔 나는 나를 알아보는 나와 대면하면
푸른 얼굴을 돌려 외면한다

가뭄·2

오늘은 텃밭 작물들에 물을 주고
먼지 이는 마당에도 물 몇 통 뿌렸다
그리고 꽃에 마지막으로 남은 물을 주었다
침샘을 열어 바싹 마른 입을 축이며
푸르고 실한 오이를 먹고 싶다는 아내를
한참 바라보다가 괜히 하늘을 쏘아보며

오늘은 물을 주었으니
당신과 나 사이
내일은 그늘 한쪽을 모셔 와야겠다고 생각한다

꽃 피는 시절

저것은 마치 미친 사랑과 같아서
움켜쥐면 손가락 사이로 빠져나오는 바람과 같아서
가끔 비극으로 끝나기도 하네
비가 내리고
기온이 올라가고
숲이 절정을 앓을 때
숲 가까이 있는 사람들은 야성의 울음을 우네

꽃 피고 꽃 지는 일은
당신과 나의 바깥의 일

벼르고 별러
어금니를 꽉 물고 물어도
지독하게 올라오는
생목 같은 붉음

처음 가 보는 어떤 절집 마당에서는
불두화가 조용히 자신의 머리채를

뿌리 쪽으로 내려놓고 있었네

눈물 있던 자리

기척도 없이 꽃 피는 밤
멀리서 온 친구와 술안주로 나온
황태의 눈을 파먹는다
심해의 바깥 어딘가를 바라보다
한쪽으로 기울어 굳어 버린 눈동자
그 눈동자 있던 자리 한참을 들여다보다
캄캄한 굴속으로 살러 가는
개미나 혹은 발목이 가는 작은 짐승들
생각을 해 본다

어둠이 꽉 들어찬 깊은 안쪽

굳을 대로 굳어 딱딱해진 황태의 눈알을 씹으며
아슬아슬하게 가라앉을 듯 가라앉을 듯
가라앉지 않는 치통을 다스린다
그리고 치통 곁에 잠시 씹히지 않고
생쌀처럼 겉도는 친구의 말을 놓아두고
잊은 듯 눈 밖에 두었던

온몸에 눈을 매달고 싹 틔우는 봄나무들
그 너머까지 눈길을 뻗어 가 본다

할 말이 그리 많지는 않았는데
받아 놓은 술잔 속으로 우수수 꽃잎 떨어져
황태, 눈이 있었던 자리에 울컥
염도 높은 말들이 고인다

산책

봄부터 겨울 초입까지
귀가 얇아진다
귀가 얇아 남의 꼬임에 잘 넘어갈 거라는
엄마의 옛말이 나를 앞세워 가고
힐끔 뒤를 돌아보면
저 무성했던 발걸음과
한시도 쉬지 않고 지나가고 오는 것들

길을 들여다보기 위해 길 위에
허리를 숙이거나 오래 서 있어야 하는 시간

나는 고열 앓아 붉어진 단풍나무와
한통속이 되어
바람에 휩쓸린다

서쪽

해가 지는 쪽으로 버스를 타고 가네
버스를 타고 가는 나와 내 옆에 사람들보다
나와 당신들을 태우고 가는 버스를 더 사랑하게 되네
버스의 숨 가쁜 동력이 이곳에서 저곳으로 옮겨 갈 때
당신들 등 뒤에서 애인을 바라보듯
뒤쪽을 바라보는 일
누군가의 등 뒤를 오래 바라보는 일은
서쪽 하늘에 노을이 번지듯
눈물이 번지는 일
내 빈말들까지도 곱게 싸
목구멍에 욱여넣으며
추락할 듯 추락할 듯
끝내 균형을 잡는 덩치 큰 새처럼
서쪽, 서쪽으로 가면

거기 서운하게 번져
목울대까지 차오르는 당신

4부
잃어버린 소읍

간절한 안쪽

합장한 손을 비우느라
두려워 외면하고 싶은 것들을
내 말의 바깥으로 몰아내느라
안간힘으로 간절하다
가끔 가족이 없었으면 하는 생각
돌아가신 엄마가 막막하고 재미없고
슬픈 노래를 거둬 갔으면 하는 생각
헐벗은 나를 곧 쓰러질
가을 꽃대에 기대 놓고
다시 마음 한쪽으로 모셔 오는 간절
나의 팔목을 감고 있는 염주가 들여다보는
나의 안쪽

그 안쪽이 더 어두워질까 봐
가끔 풍경 같은 마음을 때리며
바람이 지나간다

아궁이에 매일매일 공양하는 사람

앞선 시간을 뒤적이는 밤
끼니를 거른 푸른 눈의 고양이들은
세상의 모든 저녁을 뒤진다
고양이의 저녁 시간을 궁금해하며
서쪽 노을을 보는 시간
문득, 불 지피는 사내의 형상이 시야에 들어선다
아궁이에 매일매일 공양하는 사람
불은 태양과 근친이어서
화부의 눈동자는 붉고 둥글다
지상을 어슬렁거리는 날것들이나
신성한 바다, 늙지 않는 바다에
깃들어 사는 물고기들도
다 둥근 눈을 가지고 있어
일생을 순정하게 이글거린다

나는
불을 숭배하던 원시의 시간에서 멀리
너무 멀리 왔으나

차고 딱딱한 당신의 새벽을 밑불로 쓰며

화부, 화부라는 신성에 가까운 말을
불꽃 위에 던져 본다

마른 꽃

한 묶음
절벽에 거꾸로 매달린
바람나 서로를 외면하는 어느 가계처럼
한 묶음으로 묶여 있으나
모두 다른 몸이었던
하여 꽃 시절로 돌아갈 수 없는
말라 가는 것만이 유일한 일인
봄날의 사랑 같은 건 과거의 일이에요
피가 머리 쪽으로 쏠려
씨앗들이 절벽으로 쏟아지고
보풀 같은 마음을 미끼로 걸어
절벽 아래로 드리워 본다
캄캄한 미끼를 물고 올라오는
더 야위고 어두워 씨눈이 쑥 빠진 것들
작아지다 작아지다 마침내 작은 보풀이나
소리에 가까워지는

저 거꾸로 매달려야

비로소 안정되는 것들에
세상에서 가장 가벼운 꽃말을
달아 주고 싶다

공동묘지

모여 있는 죽음을 보았다
모두들 숨이 멎었으나 지하에서 연대하는 위[上] 없는
몸들
서로 손을 잡으면 자신의 손이 오염될까 봐
몇몇은 옆에 누운 이웃을 외면하기도 한다

그들은 저마다 정수리가 봉긋한 모자를 쓰고
오래전에 죽은 자와 근래에 죽은 자가
모자 속에서 평등했다.

우리는 모자를 벗고 모자에 정중하게 인사하는 사람
모자 속 당신들은 가끔 서로 썩어 갈 손을 잡고
어쩌다 다리를 저는 사람에게 발자국을 던져 주거나
눈이 어두운 사람의 눈꺼풀을 당신의 주검으로 괴거나
말을 잃어버린 사람에게 모자를 벗어 주거나
우리 몸을 지배하는 온갖 망설임을 솟구치며

달 없는 저물녘

우리 이후를 만들어내느라 안간힘이다

해바라기의 최후

까맣게 여물어 이제 쏟아질 일만 남은 해바라기 씨앗
을 먹는
새들의 입놀림이 분주하다
해바라기는 해를 제 몸속에 가두다 화상을 입었는지
사소한 바람에도 바스락댄다
저렇게 얼굴이며 눈동자가 까맣게 타들어 가도
눈멀지 않는 견자여
좌우를 돌아보는 일 없이 자신의 몸을 고스란히 쏟
기 위해
발목 쪽으로 반쯤 고개를 꺾으며 바라보는 발등의 핏
줄이
조금 부풀어 올랐던가

일생을 자신의 발등 쪽을 바라보는 너에게
나는
이번 생을
묻고 또 물어보는데
대답 대신 발을 헛디딘

새들의 날갯짓이 화들짝
까만 씨앗을 물고 허공으로 간다
두둥실 드넓다

점자를 만져 본다

세상의 어떠한 비극이 들이닥쳐도
엘리베이터는 오르고 내린다
그 어떤 비난과 비명이 쏟아져도
엘리베이터는 오르내리고 또 오르내린다
봄나무들이 꽃을 털어내는 동안
무수히 나와 다른 번호를 누르는
가늘고 긴 손가락에 그들도 모르게
엘리베이터 숫자판 점자들이 음각된다

엘리베이터 문이 열리고 닫히는 사이
좁고 불량한 문틈으로 들어오는 바람은 모두
성대를 다친 짐승의 목소리를 낸다

부드러운 엠보싱처럼 양각된 문자의
지 돌기한 감성늘

집으로 돌아가는 엘리베이터 안에서 눈을 감고
잠시 이 도시에서 유일하게 늙지도 병들지도 않는

것이
　무엇일까 생각해 본다

　그리고 돌출된 감정을 조합하여
　나는 몇 개의 점자를 조합한 문장을
　당신께 보내고 또
　나에게도 보낸다

잃어버린 소읍

버스를 잡아 두던 터미널은 폐허
가출의 시작이던 간이 정거장도 폐허
당신이 나를 배웅하던 수많은 날들도
그 눈물도 폐허
꽃이 피면 몸에 붙은 몹쓸 병도 환하게 가시고
토종 꽃 떠난 자리
이국의 꽃 만발하였다기에
당신의 안부를 겨우 생각해 보는데
도시의 한쪽을 밀며 그치지 않고 퇴화하는 시간표들
난시의 눈으로 보는 이정표들

나는 도시의 한 모퉁이에서
가끔 시간을 염색하거나 탈색하며
저녁이면 마음을 다친 수많은 이별을 배차하며

거기, 거기서
내 안의 폐허가 네 안으로 옮겨 갈 때
끝을 알 수 없는 어떤 이별을 생각하기도 한다

뿔 잃은 달팽이

비를 타고 온 달팽이 두 마리
그 중 한 마리는 뿔 하나가 없네
산에서 내려왔는지
어느 도시를 돌다 왔는지
아니면 사나운 것들 피해
어느 후미진 곳을 돌아 돌아왔는지
물가까지는 아직 먼데
찬찬히 길을 더듬으며
가끔은 뿔을 세우며 가네

간신히, 간신히라는 말이
문턱을 넘지 못해 망설이고
한때, 나는 당신의 안쪽에 있었는지
아니면 바깥에 있었는지 알 수 없어
집으로 가는 길 쪽으로
조금 더 어두워진 귀 한쪽을 열어 두네

소나기 쏟아지는 오후

우산을 편다
성질 사나운 여름비에 맞서며
사냥 나가는 수사자의 호흡처럼
거칠게 숨을 몰아쉬며
우산의 표면에 닿는 빗줄기
다시 우산을 편다
마치 불행한 몸을 가리듯
혹은 신神의 책장을 펼치듯
우산을 펴 세상의 눈총 같은 것을 막아 보려는 듯

위선적인 개미가 비를 맞으며
나를 앞서간다
한여름 개미들은 얼마나 노동에 위선적인가
정직을 조롱하며
빨간 신호등이 자주 미간을 떤다
순종에 강요당하는 정신을 우산 속에 가두어 두고
나는 부끄러워 멀리
아주 멀리까지 붉어진 말과 얼굴을

밀어 보낸다

헌 옷 수거함에 옷을 버리며 보는 풍경

어느 누군가의 몸을 벗고 나온 것
날개를 단 육신들
저들은 자신을 지나간
모든 몸을 기억한다
헌 옷 수거함에서 수군거리는 몸들
근질근질한 입들
알몸으로 서성대던 누군가의 부끄러움이 폭로되는 곳
미숙한 어린애가 베어 먹은 생선 등 같은 길을 끌고
마을회관 옆 헌 옷 수거함 모서리로 해가 질 때
길이가 다르게 해진 소매에 새 옷감을 덧붙이듯
어긋난 단추를 새로 끼우듯
기우뚱 몸들이 망설이는 동안

수없이 혀를 놀려 자신의 울음에 군살을 빼던 새들은
한 철 살던 집을 버리고 무리 지어
저녁 등고선을 넘는다
모골이 송연해지는 순간이다

다비 茶毘

더 세게
가슴을 치는 일이다
말[言]을 때려 뻘겋게 멍들게 하는 일이다
졸음 쏟아지는 눈을 눈물로 괴며
어깨가 아프도록
먼 곳의 당신을 앓는 일이다

마침내 불기둥이
당신의 말씀을 다 녹이는 일이다

모래에 적는 말

오랫동안 바다를 바라본다
딱히 무엇이 보이는 것이 있는 건 아니지만
아주 골똘하고 제법 진지하게 본다
한때는 백사장을 뛰어가는 바닷새나
서로 손을 잡고 걷는 남녀를 유심히 보았었지
그러나 지금은 그림자도 몸속으로 들어간 시간

바다를 등지고 몇 발자국 걷는다
등에 무슨 무겁고 뜨거운 것들이 짐처럼 얹힌다
늦여름 바다에 나와 앉은 개들은
입 밖으로 나온 혀를 입 속에 넣느라 오후를 다 써 버
린다
침묵에 거리가 있다면 저 입 밖의 혀와
입 속의 혀가 들고 나는 순간 정도가 아닐까

잠시 멈췄던 걸음을 들고
한 번 더 바다를 등지고 걷는다
그리고 개들도 사라진 해변에서

나는 나의 무겁고 발목이 빠지는 발걸음을 위로하기
위해
　　목을 놓고 말도 놓고 걸음도 놓고 마침내 침묵도 놓고
　　주술 같은 문장 몇 개 모래 위에
　　써 놓는다

춤

잔치는 끝났다
나눠 먹던 음식과
질긴 고기 물어뜯듯
서로를 물어뜯으며 입맛 다시던 시간도
서로를 당기며 유혹을 견디던 아슬아슬한 시간도
끝났다

들판에 피워 둔 장작불이 다 사그라든 후
재들만 소복하게 둘러앉아
자신을 휘몰아칠 바람을 기다린다

바람에 혀가 있다면,
장작이 쏟아 놓은 잿빛 뼈의 언어로 말하게 하라

식은 재 위를 빠르게 지나가는 다족류는
자신의 길 위에 발가락 몇 개 떨어뜨려 놓고는
절대 뒤를 돌아보지 않는다
졸지에 세상이 지금까지 받아쓴 교훈이 흩어지고

다족류가 온몸을 밀며 간 길을 겨우 눈으로 좇으며
나는 벌어진 입을 오래 다물지 못한다

빌려 쓴 슬픔, 동백

1월 남도 바닷바람은
목숨을 걸고 동백꽃 모가지를 지나간다
아! 붉은 피,
비린내도 없이 소복하게
떨어져 쌓이고
저 징하디징한 몸은 미련 따윈 없어
싹둑 배꼽 빠진 자리
아물 새도 없이 소금기 많은 바람을
꼭지에 모셔 온다
외면하고 싶은 마음은 늘 들키기 마련이어서
발목을 접고 또 접어 그 앞에 나를 주저앉히며

1월 동백이여
비명을 틀어막느라
전속력으로 자신의 발등을 찧는
거기서
나는 내 슬픔을 다 쓰고 또
누군가의 슬픔을 빌려다 쓴다

존재함이라는 호혜

박동억(문학평론가)

1. 서정이라는 포개어짐

시적인 시선은 눈앞에 드러나 있고 표면적인 것과는 다른 이면의 것, 즉 표현해야 할 것을 느끼는 일이다. 이 때 시인은 주관적 해석의 굴레에 갇히지 않는다. 오히려 그가 시를 발견하는 것은 주관을 버리고 타자의 아름 다움에 사로잡히는 순간이다. 따라서 시를 쓰는 자는 고독한 밀실에서 펜을 움직일 때도 타자를 향해 손을 내밀고 있는 셈이다. 아름다움이란 근본적으로 서로 다른 두 존재를 하나로 묶어 더 높은 곳을 향해 나아가게 한다. 시를 통해 표현해야 할 것이란 자아와 타자가 변증 하는 사건인 한편 존재론적으로는 숨겨져 있는 웅대함, 즉 어떤 존재이든 무한에 이르게 만드는 깊이다. 이것은 가스통 바슐라르가 해설한 시적 상상력의 의미이다.

김창균 시인의 시에서 '바라본다'는 사건이 곧 시적 인 의미를 갖게 되는 이유도 이와 닮았다. 첫 시집 『녹슨 지붕에 앉아 빗소리 듣는다』(세계사, 2005)를 펼쳤을 때 가장 먼저 만나게 되는 작품인 「군불 때는 저녁」에서도 '나'는 가만히 사물과 풍경을 바라보고 있다. 부엌의 군불을 바라보던 '나'는 문득 이렇게 쓴다. "햇살과 그 햇살을 향해 달려드는 먼지를 구경하다/나도 문득, 옹이가 많은 불쏘시개처럼/오래오래 타고 싶었다." 여기서 본다는 행위는 단지 일방적 감상을 뜻하지 않는다. 시인은 어떤 사소한 것을 볼 때도 무한을 보는 자여야 한다는 바슐라르식의 정언처럼, 마찬가지로 김창균 시인이 '햇살과 먼지'를 보았다고 쓰는 것이 아니라 '햇살을 향해 달려드는 먼지'를 보았다고 쓸 때, 더 나아가 자신 또한 그렇게 타오르고 싶은 마음에 사로잡힐 때 우리는 그것이 어떤 시적인 몽상을 불러일으킨다는 사실을 확인한다. '나'와 불꽃 사이에서 탄생하는 것은 시적인 몸이다. 시적인 몸은 더 크고 뜨거운 마음을 향해, 먼지가 태양을 향하는 방향으로 자신을 내던지길 바라는 것이다.

반복하는 것은 '본다'라는 행위가 세계와 호응하는 내밀한 심려로 확장하는 과정이다. 이를테면 두 번째 시집 『먼 북쪽』(세계사, 2009)에서 시인은 피어나는 봄꽃을 바라보며 "너,/지옥까지 갔다 왔구나"(「꽃피는 걸 보니」)라고 말 건네기도 했다. 이는 곧 죽음에 가까운 타자의 고통을 심려하는 목소리였다. 세 번째 시집 『마당에 징검돌을 놓다』(시인동네, 2016)에서는 노을이 지는 시골과 함께 소가 해산하는 사건을 묘사하며 "그 풍경을 지켜보던 내 입안엔/신물이 기분 좋게 고인다"(「석류가 터질 무렵」)라고 쓴다. 여기서 풍경을 '보는 것'과 '맛보는 것'이 구분되지 않을 때, 풍경은 단지 타자인 채로 남는 것이 아니라 '나'의 내장까지 스미는 셈이다. 바슐라르는 근본적으로 시인은 장엄한 것을 보려는 콤플렉스에 사로잡혀 있다고, 그의 표현을 그대로 빌리자면 '장관 콤플렉스complexe spectaculaire'에 사로잡혀 있다고 말한다. 그런데 김창균 시인의 시는 더 정확하게, 시인이란 장엄함을 삼키려 하는 자임을 보여 주는 셈이다.

더불어 시인의 윤리성이 도드라진다. 시각적인 것을 미각적인 것으로 전환하는 시적 태도는 타자와의 거리를 좁히려는 의식의 소산일 수 있다. 이와 함께 점진적으로 그의 시는 장엄한 풍경화에서 세밀한 풍속화로 이행했다. 이를테면 새 시집의 1부에 실린 시 「할복」에 묘사된 항구 마을을 살펴보자. 우선 작품의 결연한 제목이 우리에게 의미심장하게 다가온다. 할복이란 인간이 자신만의 의지로 자기 존재를 심판하려는 실천일 텐데, 시인은 그러한 단어를 어부들이 오가는 항구와 마을의 정경을 호명하는 데 사용한 셈이다. 이 작품에서 '할복하는 듯한' 감각을 자아내는 장면은 적어도 세 가지다. 우선 차가운 바닷바람에 찔리는 항구가 있다. 두 번째로 항구 여자들의 손질에 배가 갈라지는 명태가 있다. 마지막으로 삶을 견디며 "복부에 깃들었던 신앙을"

간직한 채 매일 살아가는 주민들의 모습이 있다. 하지만 사실 할복이라는 행위와는 거리가 먼 이 장면들을 아울러 '할복'이라는 제목을 묶는 것이 가능한 이유는 시인이 이 모든 장면을 깊은 상처로 느끼고 있기 때문이리라. 결국 이 작품은 서정, 저 사람의 상처에 닿고 싶다는 간명한 의미의 서정을 내포하고 있다. 요컨대 "속을 훤하게 드러낸 당신 위에/또 다른 당신들이 포개진다"라는 「할복」의 마지막 문장은 그러한 서정적 정신의 표현인 셈이다.

2. 뒷모습의 구도

당신에게 당신을 포개는 일, 그렇게 풍경이 서로 어루만지고 있다고 말해 보는 것은 사람에게 필요한 일인지도 모른다. 그러한 다정함으로 "당신 속에 있는 색을 데쳐/추운 겨울 저녁상에 올리고 싶은 마음입니다"(「쇠미역」)라고 시인은 쓴다. 그에게 당신의 마음은 조심스럽게 손 내밀어야 할 입구이기에 "아픈 사람 다루듯 조심조심 걸으며 누군가의 숨소리를 듣는 문턱"(「바다로 간 늙은 애인들」)이 많았을 것이다. 타인의 마음은 오롯이 타인의 것임에도, 당신의 마음 문턱까지 내가 나아갈 수 있다고 말해 보는 실천을 확인하게 된다.

타인의 고통은 어떻게 발견되는가. 이 시집에서 주로

타인의 고통이나 설움은 바다나 비바람이 몰아치는 풍경으로 상징된다. 여기서 주의 깊게 들여다볼 것은 다채로운 시어보다 그 풍경을 형상화하는 시 작품의 원근법적 구도이다. 시 작품의 원근법은 두 개의 시선으로 정리될 수 있다. 우선 바다와 비바람을 견디는 타인의 뒷모습이 있고, 그 배후에 타인의 뒷모습을 바라보는 시인의 시선이 있다. 예컨대 "앞서가는 당신과/뒤에서 랜턴을 들고 가는 나는"(「랜턴을 켜고 걷는 밤길」) 어두운 밤길을 걷고 있다. 이렇게 '앞서고-뒤따르는' 구도야말로 이 시집 전체의 존재 이해를 드러낸다.

생명이 나란히 걷는 것이 아니라 뒤따르는 것으로 표현하는 방식은 곧 삶은 '나란히-함께' 견딜 수 있는 것이 아니라 '뒤따르며-홀로' 견뎌야 하는 것임을 암시한다. 그렇지만 누군가 먼저 이 어두운 밤길 같은 삶을 앞서갔다는 사실을 확인할 때 얻게 되는 위안이 있지 않을까. 혹은 이제 지쳐 버린 당신을 위해 내가 등 뒤에서 랜턴을 비추는 실천은 가능하지 않을까. 김창균 시인의 시는 이러한 질문들을 던지게 만든다. 그리고 이렇게 생명이 뒤따른다는 사건, 이러한 사건의 가장 원초적인 체험이 무엇인지 우리는 쉽게 떠올릴 수 있다. 그것은 바로 혈연이다.

추석 무렵 엄마 산소 옆에서 주워 온 가래 몇 알

하도 만지작거려 모서리는 닳고 깊은 주름만 남았다

때 타고 시간 타고 사람도 타고

그 숱한 기척에도 몸을 열지 않는 단단한 고집이

살아생전 엄마의 속내 같기도 하여

양손에 넣고 서로의 몸을 비벼 본다

그 소리가 맑고 경쾌하여

저간의 침묵을 깨고도 남을 법한데

주름이 주름을 비비며 닳는 몸과

또 한 주름진 몸이 하는 골똘한 생각은

어디쯤 가 닿고 있는지

병을 대물림하는 혈육의 맥박처럼 간헐적인

서러움을 밀며 또 당기며

모서리가 많던 집을 돌이켜 생각해 보는

캄캄한 저녁이다

—「가래 몇 알」 전문

이 시집의 가족 시편들에서 반복하는 것은 '뒤따르는' 자세이다. 이러한 형상화 속에서 시인이 살피는 것은 삶의 하중을 견디는 존재의 발밑이다. 어머니의 산소에서 주워 온 '가래 몇 알'은 근본적으로 어머니의 발밑이라고 해도 좋을 것이다. 시인이 양손으로 그것을 비비면

서 떠올리는 것은 생전에 어머니가 간직했던 마음의 자세이다. '가래'처럼 "그 숱한 기척에도 몸을 열지 않는 단단한 고집"이 어머니의 밑바닥을 받치고 있었다. 그렇기 때문에 어머니가 흔들림 없이 올곧이 살아간 사람임을 이 작품은 표현하고 있다.

가래로부터 들려오는 '맑고 경쾌한 소리'는 곧 어머니의 가르침과 같다. 실은 그렇게 먼저 삶을 살아낸 어머니로부터 배우려는 자세가 우선하기에 시인은 그 소리를 '맑고 경쾌하다고' 인식했을 것이다. 그렇기에 그는 어머니가 '떠나갔다고' 쓰는 대신 "어디쯤 가 닿고 있는지" 묻는다. 아마도 어머니 또한 자신의 부모로부터 어떤 마음을 배우지 않았을까. 이로써 이 시는 저 먼 혈육의 가르침으로 향해 가는 듯하다. 이렇듯 삶은 오롯이 홀로 살아내는 것이 아니라 앞서가고 뒤따르며 견디는 것임을, 즉 "서러움을 밀며 또 당기며" 함께 아픈 삶을 견뎌내는 것이라고 시인은 말하는 듯하다.

3. 몸이라는 아포리아

사람은 누군가의 뒷모습을 뒤따르며 살아갈 수밖에 없다. 이러한 의식은 "갈 길 멀다는 아버지"(「당신과 먹는 점심」)나 "아내의 뒤를 밟으며 서둘러" 걸어가는 '남편'(「마중」)의 모습으로도 은연중에 반복하고 있다. 누군가 앞서갔다면, 마찬가지로 뒤따르는 것 또한 있을 것이다. 이에 관해서도 "엄마의 옛말이 나를 앞세워 가고/힐끔 뒤를 돌아보면/저 무성했던 발걸음과/한시도 쉬지 않고 지나가고 오는 것들"(「산책」)이 있다고 시인은 말해본다.

이러한 작품들의 내용을 파악하기는 어렵지 않다. 다만 여기서 시인이 바라보는 것이 '길'이고 더 정확히 말해서 존재의 '발밑'임을 강조해야 한다. 발밑은 제 몫의 일생을 오롯이 살아내는 존재의 올곧음을 뜻한다. 각기 다른 삶을 살아갈 수밖에 없기에 올곧음의 형상 또한 다양할 수밖에 없다. 더 나아가 종이 다른 생명체들과 서정적으로 포개어지고 그들을 뒤따르는 것은 가능한 실천인가. 이 시집은 이러한 생명윤리를 엄격하게 검증한다기보다 그러한 실천으로 나아가는 서정적 '나', 즉 모든 존재를 이해하고자 노력하는 자아의 운동에 초점을 두고 있다.

시인은 존재의 고유한 삶의 자세를 아울러 '몸'이라고 통칭하는 듯하다. 이를테면 시인은 '먹태' 안에서 "그 몸피 속에 흰 살을 감추느라 안간힘 쓴 시간"(「먹태를 두드리며」)을 떠올리고, 탈피하는 게들로부터 "몸이 몸에게 몸을 바치는 유월"(「녹錄·2」)을 확인한다. 흥미로운 것은 여기서 몸이라는 단어를 반복할 때마다 '몸'과 그러한 몸을 살아낸 '이후의 몸'을 구분하도록 유도한다는 점이다. 차츰 이 시집에서 몸이라는 단어는 분열적인 것이되어 간다. 시적 주제는 그저 살아가며 몸과 밀착한 의식으로부터 자기 몸과 의식을 분리하는 듯한 아이러니정신으로 향해 간다.

몸의 가장 안쪽에 숨겨 놓은 까만 눈알
누군가 닿으면 미끄러지는 굴곡을 가진
너에게 눈을 맞춘다. 눈동자가 깃든 방
거기 깊숙한 곳에서 꺼내는 한숨
당신이 언젠가 내 입 속에 넣어 준 말들이
일제히 밖으로 튀어나올 듯
침묵인 줄 알았던 것들이
커다란 아가리를 들락거리며 아우성이다

시월, 문밖에는 주인의 발에 헐거운 신발이
밤새 처마의 빗방울을 받아내는데
오래전 집을 떠나 유기된 개들은 어둠을 끌어다
자신의 몸에 문신을 새긴다

저 깊은 곳 덜 여문 몸속 깊이 들어앉은
눈물이 눈동자를 뚫어지게 바라보는

소리가 절멸할 듯 위태로운 방

닫힌 방 앞에서 방의 통점을 여기저기 짚으며

오랫동안 나는 나를 기다린다

—「풋사과 속, 방 한 칸」 전문

여기서 우리는 몸에 대한 고유한 표현을 확인한다. 그
것은 스스로 내부를 들여다보며 발견하는 실존적 몸이
고, "당신이 언젠가 내 입 속에 넣어 준 말들"을 삼키는
회한으로서의 몸이며, 상처가 여물기를 기다리며 오랫
동안 자신을 견디는 몸이다. 배경으로 배치된 사물들
은 이러한 의미를 강화한다. 처마의 빗방울을 받아내는
"헐거운 신발"처럼 '나'가 연상하는 것은 존재의 밑바닥
에서 존재를 떠받치는 몸이다. 또한 유기된 개들이 어둠
을 문신으로 새기듯 피부를 찌르며 내부의 고통을 견디
는 몸이기도 하다.

앞서 논의한 '앞서고–뒤따르는' 걸음이 곧 혈연으로
이어지는 끈끈하고 애틋한 생물학적인 몸을 떠올리게
한다면, 「풋사과 속, 방 한 칸」에서는 '나'의 시선이 내부
로 역전된 현상학적 몸을 확인하게 한다. 그리고 "오랫동
안 나는 나를 기다린다"라는 문장은 어떤 고통스러운
기억을 승화하는 순간에 대한 기대를 표현한다. 허물을
벗듯, 어느 날 마음은 오래 간직한 "눈물"을 흘려보낼 수

있을지도 모른다. 반대로 '나'의 슬픔은 영속할 수도 있고, 아예 무너져 버릴지도 모른다. 그런데도 '오랜 나'로부터 그 '이후의 나'를 기대함으로써 이 시는 비로소 서정적인 것이 된다.

4. 도래의 시학

몸의 분열은 서정적 통일성을 해치지 않는다. 오히려 몸이 끊임없이 갱신된다는 사실이야말로 몸이 간직한 생명력이다. "어느 누군가의 몸을 벗고 나온 것/날개를 단 육신들/저들은 자신을 지나간/모든 몸을 기억한다"(「헌 옷 수거함에 옷을 버리며 보는 풍경」)라는 문장처럼 헌 옷조차 그것이 거친 몸을 기억한다고 시인은 믿는다. 마찬가지로 사람의 몸 또한 고유한 자아를 간직하는 동시에 벗어날 뿐이다.

몸의 역사는 김창균 시인의 시에서 타자를 하나로 묶는 서정적 원천이 된다. 서로 다른 삶을 사는 두 사람, 그리고 서로 다른 마음을 간직한 자연물들을 하나로 묶는 이 시집의 서정적 원리는 바로 '이후'에 대한 기대에 있다. '나'는 앞으로 당신의 마음을 떠올리며, 혹은 당신의 마음을 보듬으며 살아갈 것이다. 혹은 저들이 삶을 견뎠듯 '나' 또한 견뎌내며 '이후의 나'를 기다릴 것이다. 시인이 만들어내는 자연서정에서 타자들이 동질성을 지닐 수 있는 이유는 그 존재들이 똑같은 방향을 향하고 있기 때문이다.

이 시집의 모든 존재는 삶을 함께 견디는 지평으로 나아간다. 그렇기에 시인은 여름 고랭지 배추밭을 바라보며 "갈기를 세운 물결처럼 서로를 넘친다"(「고랭지」)라고 쓴다. 이때 '서로 넘친다'라고 쓰는 것이 아니라 '서로를 넘친다'라고 기록하는 것은 흥미롭다. 이는 어쩌면 목적격 조사 앞에 '서로'가 놓여야 한다는 시인의 의식을 반영하는 듯하다. 마찬가지로 "견고하게 꼈던 팔을 풀어/당신의 팔짱을 껴 본다"(「4월」)라는 구절에서도 그는 '당신과' 팔짱을 끼는 것이 아니라 '당신의 팔짱을' 낀다고 쓴다. 시인의 의식에서 소유격 조사로 연결된 '당신'과 '팔짱'은 떼어 놓을 수 없는 것인지도 모른다.

　　　우리는 모자를 벗고 모자에 정중하게 인사하는 사람
　　　모자 속 당신들은 가끔 서로 썩어 갈 손을 잡고
　　　어쩌다 다리를 저는 사람에게 발자국을 던져 주거나
　　　눈이 어두운 사람의 눈꺼풀을 당신의 주검으로 괴거나
　　　말을 잃어버린 사람에게 모자를 벗어 주거나
　　　우리 몸을 지배하는 온갖 망설임을 솟구치며

　　　달 없는 저물녘

우리 이후를 만들어내느라 안간힘이다

—「공동묘지」 부분

　유대하려는 마음은 삶과 죽음의 경계 또한 가로지른
다. 죽은 자들이 그저 침묵하는 자들이라고 말하지 않
기 위해서, 시인은 당신들이 '무덤' 안에 있다고 쓰는 대
신 '모자'를 쓰고 있다고 쓴다. 여기서 망자는 산 자와 호
혜적 관계를 이룬다. 그들은 때로 정중하게 인사를 건네
는 것처럼 느껴질 뿐만 아니라, 발자국을 던지거나 모자
를 벗어 주는 호혜를 베푸는 것만 같다. 산 자는 죽은 자
로부터 "우리 몸을 지배하는 온갖 망설임을" 솟구치는
자세를 배운다. 바로 이러한 맥락에서 시인은 "우리 이
후를 만들어"내는 안간힘이 지속하고 있다고 말한다.
　살아간다는 것은 삶과 죽음의 경계를 이어 나가는
과정이다. 이때 '안간힘'을 김창균 시인이 간직하는 고유
한 존재론적 자세이자 서정적 근원으로 간주할 수 있을
듯하다. 안간힘은 '이후의 나'를 도래할 수 있게 해 주는
존재론적 자세, 즉 지금의 존재에 대한 견딤이고 이후의
존재에 대한 기대이다. '나'는 '나'를 견뎌낼 것이다. 속이
썩어들고, "속 다 썩어 없어진다는 말"(「속 빈 나무」)까지
삭인 이후에 도달할 것이다. 당신 또한 당신을 견뎌낼 것
이다. 그래서 지쳐 잠든 아버지를 향해 시인은 "더 깊다

깊은 어둠이 그들의 몸을 다 덮은 후/망설이고 망설이다 간신히 그 눈에 들어앉는/자신의 몸을 포기하지 않으려"(「인형에게」) 한다고 쓴다.

5. 존재함이라는 호혜

시인은 조심스럽게 확신하고 있는 듯하다. 저 먼 이후에는 모든 타자가 서로의 곁이 되리라는 사실을 말이다. 이를테면 「구석」이라는 시에서 "먼저 내려온 빗방울이 난간에서 쉬는 동안/나중 떨어지는 빗방울이 먼저 지상에 닿는 것을" 바라보던 '나'는 "나는 한 번도 읽히지 않은 책처럼/당신의 구석에 꽂혀 있네"라는 이미지를 연상한다. 이때 펼쳐지지 않은 책의 이미지는 당신에게 닿지 못했다는 사실을 표현하지만, 근본적으로 그것은 '나'의 존재를 오직 당신에게만 헌사하고 싶은 순연한 사랑을 표현한다.

존재함이 곧 호혜이다. 이것은 김창균 시인의 시를 이해하는 하나의 정언일지도 모른다. 그러나 그것은 순진하게 존재가 존재에게 선물이라는 것, 즉 사랑을 뜻하는 것은 아니다. 분명히 시인은 사랑시 「꽃 피는 시절」에서 "꽃 피고 꽃 지는 일은/당신과 나의 바깥의 일"이라고 엄격하게 말한다. 이로써 그는 사랑이란 단지 아름다움을 건네고 받는 일이 아님을 명시한다. 오히려 사랑은 낯선

외부에서 일어나는 일이다. 더 나아가 "'당신이 있어 사막이 아름답다'는/그 거짓말이 수많은 혀가 되어/유성처럼 떨어지는/적막한 직립의 시간"(「모래시계, 사막」)이라는 시구처럼 거짓일지언정 사랑한다고 말하는 안간힘으로 사랑은 지속하는 것인지도 모른다.

따라서 사랑하기 때문이 아니라, 존재함이 곧 호혜이기에 사랑은 요구되는 것이다. 한편 사랑하는 일은 필연적으로 상실을 겪는 순간을 동반한다. 그럼에도 불구하고 그 상실조차 우리의 존재함을 멈추게 하지 못할 것이다. 한 작품에서 "당신을 보내고,/당신이 모셔 온 저녁도 다 보내고/저 발효의 정점을 막 지나는 것들과/헛바늘처럼 남은 국물에 또/얼굴, 얼굴을 묻는다"(「발효의 시간」)라고 쓸 때, 제목과 시구에 포함된 '발효'라는 시어는 상실이 어떤 성숙의 계기가 될 수 있음을 암시하는 것처럼 보인다. 마음은 슬픔을 삼키며 어떤 모양으로 나아갈 것인가. 어쩌면 "모여서 서서히 단단해지는 허기"(「날씨에 묻다」)처럼 조금씩 견고해질지도 모른다. 혹은 "오래 내뱉을 길의 날숨들"(「길의 감식가」)처럼 조금은 가벼워질지도 모른다. 또는 "저 균일하고도 여일한 울음"(「풍문」)에 닿을지도 모른다.

더 세계

가슴을 치는 일이다

말[言]을 때려 뻘겋게 멍들게 하는 일이다

졸음 쏟아지는 눈을 눈물로 괴며

어깨가 아프도록

먼 곳의 당신을 앓는 일이다

마침내 불기둥이

당신의 말씀을 다 녹이는 일이다

           —「다비茶毘」 전문

제목인 '다비茶毘'는 범어 '쟈피타jh pita'를 음차한 용어로서 화장火葬, 분소焚燒, 연소燃燒, 소신燒身, 분시焚屍 등으로도 번역된다. 존귀한 인물의 장례를 화장으로 행하는 다비의식은 석가모니 붓다의 열반에서 유래한다. 그런데 위 작품에서 다비의식은 곧 "먼 곳의 당신을 앓는 일" 혹은 "당신의 말씀을 다 녹이는 일"과 동일시되고 있다. 이는 당신을 이해하는 것은 존재를 불사르는 것과 같음을 뜻한다. 더 세계 더 고통스럽게 당신을 앓는 일이 곧 존재의 의무이다.

따라서 존재함이 곧 호혜라는 앞선 정언을 더 정확하게 고쳐 나갈 수 있겠다. 존재함에 대한 호혜가 곧 존재의 의무이다. 이 정언은 김창균 시인의 시집에서 어떠한

근거나 결론으로서 제시되는 것이 아니라 시인이 지극히 견지하는 존재 방식으로 발견되는 것이기에 동어 반복일 수밖에 없다. 여기서 확인하는 것은 두 가지 자세이다. '당신을 앓는다'라는 표현처럼 어떤 고통에도 자아는 타자를 포용해야 한다. 또한 '당신의 말씀'이라는 표현처럼 타자를 가르치는 것이 아니라 겸손하고 낮은 자세로 당신께 배움을 청해야 한다. 아무래도 이것은 누구나 뒤따르기 힘든 종교적 고행을 떠올리게 만들며, 그렇기 때문에 그러한 자세로 나아가는 시인의 비범성을 우러러보게 한다.

그런데 한편으로는 이렇게 말해 보고 싶어지는 것이다. 그것은 어쩌면 본래 우리의 몸이 취하고 있는 자세가 아닐까. 우리의 눈과 귀는 언제나 당신을 향해 열려 있지 않을까. 단지 그 사실을 잊고 있었기에, 그래서 지금 우리는 몸을 다하는 것으로 충분한 것은 아닐까. 이렇듯 김창균 시인의 시가 우리를 인도하는 장소는 닿을 수 없는 숭고한 말씀이 아니라 그저 우리의 몸을 깨우는 순간일지도 모른다. 시집의 마지막 작품 「빌려 쓴 슬픔, 동백」에서 시인은 "나는 내 슬픔을 다 쓰고 또/누군가의 슬픔을 빌려다 쓴다"라는 문장에 닿는다. 여기서 정말로 시인의 손이 '누군가의 슬픔'에까지 닿았는지 판단하는 일은 중요치 않다. 숙고해야 할 것은 그러한 말의 진위가 아니라 존재의 떨림이다. 그렇게 누군가의 슬픔을 빌릴 수 있다고 발음할 때 비로소 우리의 몸이 어디까지 열릴 수 있는지 되묻게 되는 것이다.

슬픈 노래를 거둬 갔으면

2023년 10월 30일 1판 1쇄 펴냄

지은이	김창균
펴낸이	김성규
편집	김안녕 한도연
디자인	신아영
펴낸곳	걷는사람
주소	서울 마포구 월드컵로16길 51 서교자이빌 304호
전화	02 323 2602
팩스	02 323 2603
등록	2016년 11월 18일 제25100-2016-000083호

ISBN 979-11-93412-06-0 04810

ISBN 979-11-89128-01-2 (세트)

* 이 책은 강원도 고성문화재단의 2023 문화예술지원사업 지원으로 발간되었습니다.
* 이 책 내용의 전부 또는 일부를 재사용하려면 반드시 지은이와 출판사의 동의를
  얻어야 합니다.
* 잘못된 책은 교환해 드립니다.